Misterio Perruno
©DERECHOS RESERVADOS
2019 María Lucía Bayardo Dodge

ISBN: 978 60729 1721 7

Texto: Lucía Bayardo
Ilustración: Lucía Bayardo
y

_____

Editorial Morenike
editorialmorenike@gmail.com
facebook.com/editorialmorenike
Impreso en México
Se terminó de imprimir y encuadernar en agosto de 2019,
en los talleres de Pandora Impresores, Caña 3657,
colonia La Nogalera, Guadalajara, Jalisco, México.

CGP-EGC/PR-1117
Impreso con papel certificado
y tinta con base de aceite vegetal
por Pandora Impresores.

Indice

Bali
Red perruna

La familia de Bali era una pareja de artistas: Miguel era pintor, María, fotógrafa. Como trabajaban en casa, Bali siempre tenía compañía.

Esta cachorra rottweiler había sido la más pequeña de la camada; los dueños de las crías habían tratado de venderla, pero por ser tan pequeña nadie la quiso y acabaron regalándosela a los jóvenes artistas… éstos correspondieron con un par de piezas de arte.

La nombraron Bali porque su sueño era volver a la pequeña isla en Indonesia, pues decían que ese lugar y la cachorra eran lo más bello que habían visto en su vida. Y sí, Bali era hermosa: negra con manchas marrón, ojos muy expresivos, y una cola larga y elegante, pues ya estaba prohibido cortárselas a los de esta raza.

Los chicos sacaban a pasear a la cachorra dos veces al día, siempre por el mismo camino, lo que a Bali le parecía perfecto porque olía los "rastros" de otros perros… una forma extraña de conseguir amigos. A veces, cuando la gente incivilizada y, por qué no decirlo, sucia, no recogía los excrementos de sus mascotas, Bali se detenía ante uno de esos montículos apestosos para comunicarse con sus amigos de la red*. Sí, así como los humanos tienen Internet para comunicarse, existe una red misteriosa en el mundo canino, invisible y hedionda… una red perruna. Ésta circulaba libremente impulsada por el viento y tenía un alcance de varios kilómetros, si los vientos eran fuertes. Gracias a ésta los perros podían detectar quién era el alfa de la colonia, si una perra estaba por entrar en celo, si había cachorros en la cercanía con quien jugar. También los orines llevaban información, aunque los datos eran más sutiles o hasta inodoros, lo que ponía en desequilibrio el sistema.

Claro que los humanos odiaban estos olores… no sabían que la red perruna era necesaria para entretener a sus mascotas; esto es, los perros tomaban la información en sus fosas nasales, la archivaban en su memoria y la digerían a lo largo de la mañana. Si no fuera por esto, la gente se volvería loca tratando de divertir a sus mascotas.

Eso que circulaba en "la red" era esencial para Bali y esperaba que algún día sus dueños fueran un poco incivilizados para que otros perros pudieran oler sus rastros pestilentes cargados de datos perrunos, pues tenía mucho que contar.

En cuanto regresaban del paseo matutino, Miguel y María

preparaban el desayuno de Bali, siempre distinto, pues la idea de darle de comer las mismas croquetas dos veces al día les parecía bastante cruel.

Una mañana, mientras María preparaba el desayuno de Bali, se encontró algo que despertó su curiosidad: una perla negra, perfectamente ovalada, descansaba sobre la mesa. Cuando la tenía entre el índice y el pulgar para tomarle una foto, descubrió que era una popó de rata. "¡Aaaascoooo!", gritó, sacudió la mano, y la bolita aplastada fue a dar a la frente de Miguel, quien recién entraba por la puerta. "¡Aaaascoooo!", gritó él, y los dos acabaron vomitando en el basurero de la cocina.

Miguel odiaba a las ratas como a ningún otro animal, pues habían roído una de sus pinturas al óleo, su favorita*.

Miguel quería colocar veneno para ratas, María se negó porque no le gustaba matar animales; además, Bali corría peligro si mordía a la rata envenenada. Miguel estuvo de acuerdo.

La buscaron por toda la casa con una red para pescar que María había utilizado en unas fotos, pensaban inmovilizarla para luego llevarla a un lote baldío. No encontraron al roedor.

Al día siguiente volvieron a ver rastros junto a la estufa. Dos días después, la harina estaba esparcida en la alacena y, sobre ésta, bolitas ovaladas color negro en una linda composición. María quería tomarle fotos, Miguel pensó en pintar una obra de arte; ambos se resistieron, pues les pareció un poco banal y muy escatológico.

El problema continuó durante semanas y hasta se agravó: aparecieron rastros junto a la licuadora, en el horno, bajo los cojines, sobre las lentillas de acercamiento de la cámara de María y entre la ropa recién planchada. Por el tamaño de las perlas, dedujeron que la rata había tenido ratitas.

"¡Nos vamos de aquí!", dijo Miguel, y María gustosa empacó sus cosas sin contarle a Miguel que la rata había roído su último boceto.

Sin embargo, las rentas estaban muy caras en otras colonias. Colgaron anuncios en las redes sociales para ver si alguien sabía de algo bueno, bonito y barato… y sin ratas. Alguien comento de un pueblo cerca de la ciudad, era un lugar ideal para los artistas y no se habían visto ratas en meses. Optaron por mudarse al famoso pueblito.

Las casas eran en forma de cilindro, pintadas de blanco, con techos de teja y con una franja azul en la parte baja de los muros.

Mientras llegaba la mudanza, Miguel y María llevaron a Bali a pasear. Recorrieron el pueblo completo, que era chico. Ellos no se percataron de que no había perros… para Bali era evidente: ni un solo dato en la red perruna.

A media tarde salieron a su caminata vespertina. Fue entonces cuando Miguel y María se dieron cuenta de la situación: había gatos sobre los techos de las casas, descolgándose por los muros, detrás de las ventanas, junto a las alcantarillas y, sobre todo, encaramados en los árboles.

"¡Con razón no hay ratas!", festejó Miguel.

"Tampoco hay perros", observó María. "¿Con quién va a convivir Bali?"

Vieron el rostro de la cachorra… había entrado en pánico, pues todos los gatos tenían la mirada puesta en ella*.

Uno de los felinos saltó de una rama a otra, pero era un poco torpe y cayó justo frente a Bali; el gato encorvó la espalda emitiendo un sonido espeluznante. Bali corrió a toda velocidad ignorando las órdenes de sus amos.

GATO

BALI

GATO →

GATO →

OTRO GATO

GATO

Cuando Miguel y María llegaron a la casa, vieron a Bali hecha nudo detrás de una maceta, temblaba. La acariciaron consolándola.

"Si no hay perros, te conseguimos un pato", dijo Miguel.

"¿Un pato? ¿Para qué un pato? Un perrito, Bali, te compramos un cachorrito para que juegues", aseguró María.

A Bali sólo le preocupa el exceso de gatos.

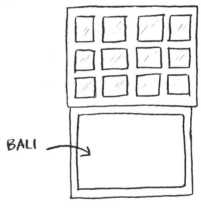

En la mañana, Bali no quiso salir a pasear. María la jaló de la correa y Miguel la empujó de las ancas... no la hicieron avanzar ni un centímetro.

Tuvieron que comprarle un tapete de plástico con facha de jardín para que ahí hiciera "los asuntos" que normalmente hacía en los parques.

Esa noche Bali se asomó por la ventana del segundo piso*. En poco tiempo se dio cuenta de que los gatos también "descomían", aunque cada vez que uno hacía su depósito, lo ocultaba echándole tierra encima. ¡También había una red gatuna! ¿Acaso la red transitaba debajo de la tierra? ¿Qué escondía esta red? Había oído la frase de que los gatos eran misteriosos, ahora lo entendía todo (y no entendía nada, en verdad). Lo que sí, sospechaba que tenían información sobre la nula población canina en ese pueblo.

Al día siguiente se desató un tremendo vendaval. Bali inhaló profundamente. Su olfato perruno le anunciaba la presencia de un can en ese pueblo, y como no se atrevía a salir, empezó a ladrar con la esperanza de que el otro le contestara. ¡Y sí, lo hizo!

Los ladridos le anunciaron que era un dóberman y se llamaba Barrabás; no le gustaba su nombre, pero no se podía quejar porque sus dueños habían sido muy conscientes al no cortarle la cola ni las orejas. Bali ladró en respuesta: a ella tampoco le habían cortado la cola. Barrabás le dijo que eran los únicos canes en el pueblo, Bali le contestó que estaba enterada. Después hubo silencio, tal vez el dueño de Barrabás lo habían sancionado por ladrar tanto tiempo. Bali también enmudeció el resto de la tarde y María y Miguel descansaron de los ladridos.

En la noche empezaron los aullidos.

"¡Basta!", gritó Miguel.

Se adentró en la Internet y colgó una petición en las redes sociales: "¿Alguien que sepa de un terapeuta de perros?". Una prima les recomendó a Francisco: si bien el terapeuta no trataba perros, tenía a una mascota auxiliar en sus terapias. Miguel dijo que había que intentar cualquier cosa.

Como Bali no salía de casa, el tal Francisco hizo cita domiciliaria, carísima. Además, la mascota auxiliar era un conejo blanco muy lindo. Bali lo persiguió por toda la casa hasta que el pobre huyó por una ventana... Bali no lo siguió, pero se quedó con unos pelos del rabo y todos pensaron lo peor*. Miguel le abrió el hocico y le dijo "escupe", Bali colocó su larga cola entre las patas... era una lástima que sus dueños no entendieran su lenguaje.

Para compensar la pérdida de la mascota, Miguel le regaló un grabado al terapeuta. María tuvo que contribuir con una foto.

"Cuál es el diagnóstico?, preguntó Miguel.

"Su perrita le tiene pavor a los gatos", dijo, molesto porque había perdido a su conejo, aunque contento porque la obra de los artistas era muy buena.

"¿Qué podemos hacer?", dijo Miguel. "Todo el día ladra".

"¡Y nos va a enloquecer con sus aullidos!", agregó María.

"Eso es lo de menos", dijo el terapeuta, "su cachorra puede acabar con agorafobia", y contó historia tras historia de gente (no perros) con este problema.

"¿Qué nos recomienda?", interrumpió María.

El terapeuta concluyó: "Mimetizarse es la solución".

Esa misma tarde Miguel fue a la ciudad para comprar lo necesario.

BALI

PELUSA DE CONEJO

María y Miguel se despertaron con muy buen ánimo, desayunaron y disfrazaron a Bali; ella no entendía nada, hasta que se miró en el espejo; las orejas puntiagudas le sentaban muy bien.

Le colocaron el collar diciéndole que no debía ladrar. Bali salió a la calle serpenteando la cola lenta y cadenciosamente, igual que los gatos*.

A lo largo de la caminata vio muchos carteles ofreciendo recompensa por cualquier información referente al paradero de sus mascotas. ¡Eran tantos! Bali se imaginó sin sus amos, no quería ser huérfana por segunda vez. ¿Dónde estaban los perros desaparecidos?

Depositó su pregunta perruna en dos montículos distintos, pero tuvo que echarles tierra encima, como hacen los gatos, por si algún felino lo espiaba. Lo que sí, dejó un pequeño espacio sin cubrir para alimentar la red perruna.

Además, debía resolver una duda. Desenterró "los tesoros ocultos" de los gatos para confirmar sus sospechas: sí, también había una red gatuna. Olfateó para descifrar la información… era clara y concisa… ¡con razón no había perros! ¿A dónde se los habían llevado?, ¿para qué?

Descubrió que los gatos querían ayudar a resolver el problema porque temían que en el futuro les pasara lo mismo.

COLA DE ¿¿GATO?? →

Bali levantó el hocico, un olor hediondo llenó sus fosas nasales… ¡qué deleite!

Era el aroma de Barrabás, aquel perro del que ya hablamos; vio a la cachorra con orejas de gato, se brincó el cerco y la empezó a corretear.

"¡Basta, Barrabás!", gritó el amo del dóberman.

El perro obedeció y fue a sentarse junto a él. María y Miguel vieron con agrado que no le habían cortado la cola ni las orejas.

En lo que el hombre se disculpaba por el ataque de su perro, Bali creaba un montículo maloliente sobre el césped; iba cargado de información de lo recién descubierto en la red gatuna sobre la ausencia de perros en ese pueblo.

"Perdón", dijo Miguel. "Aquí traemos bolsitas".

"De ninguna manera", cantó el joven, que era músico. "Barrabás ha esperado esto desde hace meses… ¡por fin tiene una fuente de comunicación con uno de su especie!

Barrabás correspondió con un montículo oloroso junto al de Bali.

Los perros revisaron los montículos con mucha atención, los detalles estaban BALI plasmados en cada molécula. Luego se olfatearon los rabos para sellar un pacto: juntos resolverían el misterio perruno*.

BARRABÁS

Malik
Bouquet de fleurs

Cuando Francine compró a Malik, le dijeron que era un bulldog francés. Patrick, su pareja, cuestionó la compra, un bulldog francés tenía las orejas levantadas en triángulo, como los gatos. Francine aseguró que sí, era bulldog francés, que las orejas estaban caídas porque eran muy grandes –lo que lo hacía ser mucho más fino– y pronto se iban a levantar.

Pero eso nunca pasó. Malik era, en realidad, un bulldog inglés. O sea, no entendía francés, y Francine y Patrick sólo sabían ese idioma.

Aunque Francine y Patrick le hablaban a Malik lentamente, el cachorro no entendía nada. Con el tiempo pudo deducir palabras básicas. Por ejemplo,

Parc=park.

Chat=cat.

Assis=sit.

Chien=dog.

Viens manger=kibbles (croquetas).

Las palabras más importantes las aprendió de Patrick, pues le decía: *"Bon chien"*, si se portaba bien, o *"Mauvais chien"*, si se portaba mal; la frase más dulce sólo se la decía Francine: *"Mon bébé"*. Se la decía siempre. Malik rodaba sobre su espalda y Francine le acariciaba el vientre en círculos diciendo: *"Mon bébé, mon petit chien"*.

Malik era la adoración de Francine, el mejor cachorro del mundo para Francine, el bebé de Francine… hasta que Francine quedó embarazada.

A partir de ese día, todo cambió: la recámara donde el cachorro tenía sus juguetes se llenó de muebles azules y ropa pequeña; colocaron estrellas fosforescentes en el techo y colguijes de colores por doquier. Y pañales, muchas bolsas de pañales; Malik desmenuzó una para saber lo que contenía*… lo castigaron prohibiéndole la entrada al cuarto. Pero lo peor fue que Francine, en lugar de apapachar a *"son bébé"*, o sea, a Malik, cantaba canciones de cuna acariciándose su propia barriga.

Un día, cuando Francine paseaba a Malik, vio un joven con muchos perros en sus correas.

"Regarde, Malik, un bouquet de fleurs".

Malik sintió que la escena era romántica: los perros parecían flores sostenidas por tallos, esto es, por las correas. Francine fue hacia el joven y mientras intercambiaban palabras en fran-spañol, los perros olfatearon a Malik…

PAÑAL DESMENUZADO

15

éste no demostró miedo, pero su vejiga lo delató derramando unas gotas de pipí que pronto fueron bañadas por los orines de un border collie; Malik los olfateó sorprendido porque carecían de información. Tal vez esa raza era inodora en la red perruna.

El joven le dio una tarjeta a Francine mientras regañaba al perro por hacer pipí en la banqueta.

Francine caminó de regreso a casa repitiendo una y otra vez *promeneur*.

"*Patrick*", dijo Francine en cuanto llegó a casa, "*Jái trouvé un promeneur des chiens*".

Pronto Malik aprendió el significado de la nueva palabra: *Promeneur=problems*.

Al día siguiente llegó el joven con el "*bouquet de fleurs*": una belga malinois, un gran danés, un viejo pastor inglés, un border collie, un boxer, un chow chow, un pastor alemán, una husky siberiano y una pitbull. ¡Diez perros! Y sólo se pudo entender con el viejo pastor inglés, que por cierto era poco comunicativo.

Malik era el más pequeño del ramo, por lo que tuvo que correr para alcanzar a los patas-largas. Al poco tiempo empezó a jadear como un puerco y los demás lo miraron con desdén.

Lo que sí, recibió mucha información perruna que el promeneur guardó al instante en una bolsita de plástico. Cada una de "Las flores" alimentaba la red perruna, salvo el border collie, pues sólo ofrecía datos inodoros. Con todo, Malik tuvo que guardar la información para más tarde, estaba demasiado ocupado tratando de avanzar al parejo de los otros perros. Además, el gran danés, que era macho, no levantó suficientemente la pata y los orines cayeron justo sobre los pliegues de su nariz. Ese fue el peor día de su corta vida.

Pero llegaron otros peores: el día que nació el bebé de Francine olvidaron darle de comer; el día que llegaron a casa con el bebé, no durmió en toda la noche porque el chiquillo no dejó de llorar. Al día siguiente le enseñaron –mejor dicho, lo obligaron– a llevar el pañal sucio al basurero*. De premio vino la frase: *"Viens manger"*… a esas alturas Malik había perdido el apetito por las croquetas.

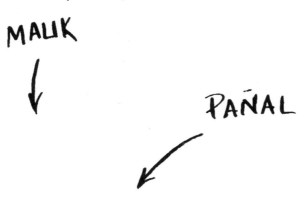

Conforme el bebé crecía, acaparaba más la atención de sus padres. Malik optó por ser un *"bon chien"*… ignoraron sus esfuerzos, así es que se empeñó en ser un *"mauvais chien"*. Por ejemplo, jaló el rollo de papel del baño por los corredores justo cuando la suegra de Francine estaba de visita; mordió la bolsa de basura el día que comieron pescado… el olor se impregnó en toda la casa durante días; sacudió una bolsa de harina hasta romperla… la lluvia de polvo cayó desde el segundo piso; hizo hoyos en medio del jardín desenterrando el cordón umbilical del bebé que, por recomendación de la partera, Patrick había plantado. Esto pasó en pésimo momento… Patrick había tenido un mal día porque un cliente importante dejó de solicitar sus servicios publicitarios.

El castigo fue mayúsculo: ya no iba a vivir dentro de casa; a final de cuentas, el lugar para los perros era el jardín.

Y como Patrick tenía que encontrar clientes nuevos, ya no podía llevar al cachorro al parque de perros, así es que le pidieron al *"promeneur des chiens"* que sacara a pasear a Malik dos veces al día.

El pobre de Malik se sentía desplazado, prácticamente invisible. Claro que cuando salía a pasear con los otros perros no reflejaba su tristeza, al contrario: se portaba bromista y fue desarrollando su simpatía hasta llegar al fino humor negro. El día que se ganó el aprecio de Las flores fue el día que le pidió al gran danés que lo bañara con sus orines, pues el veterinario había dicho que éstos mataban los hongos que, como sabemos, se desarrollan en los pliegues de los bulldogs*. Los diez perros festejaron sus ocurrencias golpeando sus patas contra la banqueta y Malik empezó a sentirse importante y hasta disfrutó los ladridos agudos del pastor alemán y la hiperactividad del belga malinois, aunque extrañaba las dulces palabras de Francine.

Una mañana, el *"promeneur des chiens"* llegó sin el "ramo de flores". Francine le preguntó, en su español básico, qué había pasado con los otros perros.

"Ayer, después de dejar a Malik, fui adormecido con un dardo".

"Comment?", dijo Francine sorprendida.

"Oui", contestó el joven, "Me dispararon un dardo para dormir animales salvajes y se llevaron a los perros".

¡Impossible!", dijo Francine abrazando a Malik, sentía culpa... pudo haberle pasado a *"son bebé"*.

"En Internet dicen que esto está sucediendo en toda la ciudad. Afortunadamente para Malik, me compré uno de éstos", dijo el joven mostrando un frasquito que decía "Aerosol de pimienta".

MALIK

GRAN
DANÉS

"Ouf", dijo Francine, secándose el sudor de la frente, y con su español básico se disculpó con el *promeneur* diciéndole que iba a esperar un tiempo hasta que las cosas se calmaran.

En cuanto el joven se fue, Francine cargó al cachorro y lo meció en sus brazos.

"Mon bebé", le dijo.

Malik estaba contento porque había escuchado las esperadas palabras, aunque sentía preocupación por sus amigos. Hizo un recuento de lo que había olfateado en días anteriores en la red perruna: la comunidad canina estaba en crisis, sugerían no salir sin correa, alertaban sobre una van blanca con la imagen de un niño robot corriendo con un cachorro. Sus pensamientos fueron suspendidos al escuchar la frase *"Mon bebé"*.

Después de acariciarlo un rato, Francine sacó a Malik al jardín y fue a bañar a su bebé –a su verdadero bebé– para una sesión fotográfica.

Una hora después llegó María, la fotógrafa experta en retratos infantiles.

"Merci pour traer a tu *cashoga"*, le dijo Francine a María. "Malik necesita *compagnía"*.

Francine quiso platicarle sobre el secuestro de los perros, pero no encontró palabras para darse a entender, por lo que fue hacia la recámara por su bebé para empezar la sesión fotográfica.

Cuando Malik vio a Bali sintió cosquillas en la barriga. Muy pronto dejó la preocupación por Las flores y empezó a correr en círculos por todo el jardín. Bali siguió el juego con gusto, pues Barrabás no era tan juguetón como su nuevo amigo.

Malik acabó agotado, entonces se olfatearon los rabos. Malik le pasó información sobre la desaparición de Las flores; ella sobre la ausencia de perros en su pueblo. También le pasó los datos obtenidos en la red gatuna. Era claro que había un misterio que resolver.

De pronto se soltó un viento fuerte cargado de información perruna… la situación se había complicado, el informe anunciaba que estaba por iniciar el proceso macabro. ¿Cuál proceso macabro? Aunque no entendían bien la gravedad del problema, ni tenían pistas para resolverlo, empezaron a cavar un hoyo al fondo del jardín.

María y Francine estaban tan concentradas tomando las fotografías del bebé que no se dieron cuenta de que sus cachorros salieron por debajo de la reja* y emprendieron marcha hacia el sur, pues de allá provenía la pestilencia.

21

Franky
Cuando el deber llama…

Franky vivía en una perrera enorme junto con cientos de perros. El dueño era un hombre que radicaba en las afueras de Guadalajara. Si bien se quejaba del tráfico para llegar al centro de la ciudad, había decidido vivir ahí porque estaba prohibido tener una perrera privada de grandes dimensiones en la zona central.

Se pensaba que rescataba a los perros para luego acomodarlos en casas donde serían atendidos, ¡pero no!, una vez cautivos, no los dejaba salir. Nadie sabía para qué quería tantos perros, no todos eran finos. Por ejemplo, Franky, el protagonista de este capítulo, era hijo de un labrador y una hembra callejera, pero era un cachorrito adorable, con mirada tierna y pelo suave como una pelusa.

Afortunadamente, Ale y Chan lo adoptaron argumentando que era su cachorro perdido (tuvieron que mostrar una fotografía falsa que bajaron de Internet). El pobre de Franky tenía parásitos, sarna, pulgas y garrapatas. Y estaba muy flaco, igual que la mayor parte de los perros de esa perrera.

Después de un buen baño, desparasitación, vacunas, buena nutrición y un largo tratamiento contra la sarna, Franky volvió a ser el perro fantástico que era antes del cautiverio.

Sus dueños lo adoraban: aunque no debía subirse a la cama, en cuanto Ale y Chan se dormían, el cachorro se acomodaba entre ellos en silencio. Al despertar recibía caricias en el lomo y en la barriga al mismo tiempo mientras escuchaba a coro: "Franky, ésta es la última vez, debes dormir en tu cojín". Así todas las mañanas.

Desayunaba sentado sobre una silla diseñada especialmente para él… obvio, comía lo mismo que sus dueños. Y pepinos. Ale y Chan tenían la costumbre de comer pepino tres veces al día por la vitamina C. Franky no dejaba ni una sola semilla de pepino en su plato para así recibir su postre: una galleta de animalito. Y es que le encantaba esta galleta; la giraba con sus pezuñas hasta encontrarle la forma al animalito en cuestión, luego la mordía poco a poco con sus dientes frontales dejando al final el rabo, siempre el rabo.

Después de desayunar, Ale y Chan lo llevaban a su tienda de robótica para que no se quedara solo en la casa. Chan vendía las piezas y daba clases a los niños, Ale trabajaba en un proyecto secreto.

Durante toda la mañana Franky jugaba con su pelota roja y la botaba justo enfrente de Ale. Dos, tres veces. Si no respondía, la colocaba sobre su regazo. De seguro recibía una caricia, pero eso no era suficiente para este cachorro: miraba a su dueña con expresión de "por favor, estoy aburrido, tengo rato de no jugar…", y si Ale no estaba en medio

de algo urgente, complacía al
cachorro. Franky se ponía feliz,
sobre todo cuando la pelota se
escondía entre los arbustos…
le gustaban los desafíos*.

En cuanto regresaban, Ale
volvía a trabajar en su proyecto
secreto. Entonces Franky hacía
la misma jugarreta con Chan.
Media hora después de jugar con él, Franky volvía con Ale,
botaba la pelota mostrándole su gesto de "por favor, estoy
aburrido, tengo rato de no jugar…" así hasta la noche.

En Nochebuena, mientras Ale y Franky veían una película
de perros, Chan decoró el árbol navideño con esferas rojas, el color favorito de Franky, y dejó una caja grande con
moño bajo el árbol; en la tarjetita aparecía el nombre de
Franky y un corazón rodeado de cuatro corazoncitos a manera de huella de perro.

En cuanto la película terminó, Ale despertó al cachorro
(el argumento de la película lo había aburrido). Franky apenas movió la cola, ni siquiera abrió un ojo. Claro, estaba
sobre la cama. Ale le dijo lo de siempre conforme bajaban
al primer piso: "Franky, ésta es la última vez, debes dormir
en tu cojín…".

Al entrar en la sala, Chan encendió las lucecitas del árbol que, además, emitían villancicos. Pero Franky sólo vio decenas de pelotitas colgadas de una rama muy grande y, aunque le pareció raro que esa rama estuviera en la sala, no tardó en derribarla para jugar*.

Ale y Chan no lo sancionaron; era su falta por no pensar igual que Franky.

Una vez que limpiaron los restos de las esferitas rotas se sentaron con su cachorro y le entregaron su regalo. En este caso sí habían pensado como él: incluyeron un trozo de chorizo en la caja… al cachorro le encantaba el chorizo.

Franky atacó la caja con ímpetu mordiendo el cartón de uno y otro lado hasta que la caja cedió; Franky se comió el chorizo de un solo bocado, luego echó un brinco atrás al ver algo brilloso que vibraba: era un robot con una pelota roja en el pie derecho. El cachorro quería la pelota, se aproximó al intruso con cautela… podía escuchar el ruido leve de un motor. Cuando lo tuvo enfrente, los ojos se encendieron gracias al sensor de movimiento. Franky empezó a ladrar y a gruñir, el robot lo miraba fijamente. Ale y Chan lo calmaron acariciando al robot para

FRANKY
↓

darle confianza. Franky se aproximó de nuevo para olfatear la pelota con el hocico. En cuanto la tocó, la pelota se hundió en el pie del robot, dos segundos más tarde apareció en la mano de metal. Franky iba a tomarla, el mecanismo del robot retrajo el brazo y lanzó la pelota con fuerza; ésta rebotó en la pared y salió disparada hacia el jardín. Franky corrió para atrapar la pelota en vuelo.

"El impulso es demasiado fuerte", dijo Ale, "voy a ajustarlo".

Mientras Ale hacía los cambios, Franky se revolcó en el jardín, una de sus actividades favoritas. Fue entonces que percibió un olor que lo remontó a su infancia. ¿De dónde provenía? Sin duda había información en la red perruna, por lo que apuntó la nariz hacia arriba para percibir datos, pero en ese momento Chan llevó el robot al jardín. Franky movió la cola en círculos al mismo tiempo que Ale giraba una perilla. Chan presionó la pelota con la mano, el robot la lanzó con fuerza, el cachorro la atrapó y se la regresó a Chan.

"No, Franky, al robot", le dijo enseñándolo a colocar la pelota en el pie del robot. Chan presionó la pelota, ésta fue lanzada, Franky la atrapó y esta vez la colocó en el pie de metal, la presionó con su pata y el robot la lanzó con fuerza.

Franky no paró de correr en toda la tarde. El proyecto de Ale... ¡éxito rotundo!*

Una semana después, en año nuevo, Ale y Chan decidieron llevar a Franky a un parque enorme. Mientras Ale hacía los ajustes para que el robot lanzara la pelota a una distancia mucho mayor, Franky olfateó los alrededores. La red perruna estaba bastante nutrida, jamás imaginó tanta información en un solo lugar. Y es que en ese parque los perros andaban sin correa y a veces los dueños olvidaban limpiar los desechos… o se hacían los occisos.

Cuando el robot estuvo listo, Ale lo llamó con cariño y tras acariciarlo, lanzó la pelota.

Franky corrió como nunca en su vida, estaba feliz; Ale y Chan también porque además de no tenèr que lanzarle la pelota hasta el cansancio, veían la alegría en su adorado cachorro.

Franky percibió un aroma fuerte, se detuvo un instante y respondió a las preguntas haciendo un depósito hediondo. Chan lo recogió minutos después, pero la información ya había avanzado por la red invisible.

Franky regresó algo desconcertado por la información que recién había recibido. Por descuido movió el robot antes de activar el mecanismo, la pelota fue disparada en una dirección distinta, golpeó contra un árbol y ésta fue desviada hacia una colina*. Franky siguió la pelota moviendo la cola en círculos.

Chan y Ale lo llamaron para que desistiera, era la primera vez que iban a ese parque, no sabían lo que había detrás de la loma y nunca habían perdido de vista a su cachorro. Además, habían escuchado malas noticias en las redes sociales.

En cuanto llegaron a la cima vieron la pelota roja rodando ladera abajo, pero no había rastro de Franky.

Lo buscaron durante horas, distribuyeron hojas en toda la colonia ofreciendo recompensa (se toparon con muchas más hojas de la misma índole en cada árbol), se esperaron hasta que el parque cerró sus puertas al público… nada. Temían lo peor.

Y es que un par de cachorros pasó por ahí horas antes; cada uno había dejado un rastro oloroso que se propagó

en la red perruna: estos cachorros invitaban a cualquier perro valiente a una misión, y dieron los pormenores con sus
orines.

Por razones que más adelante entenderás, atento lector,
Franky se enlistó en esta aventura que, si bien era peligrosa,
lo llenó de recuerdos hermosos, aunque también de pavor
en lo más profundo de sus tripas.

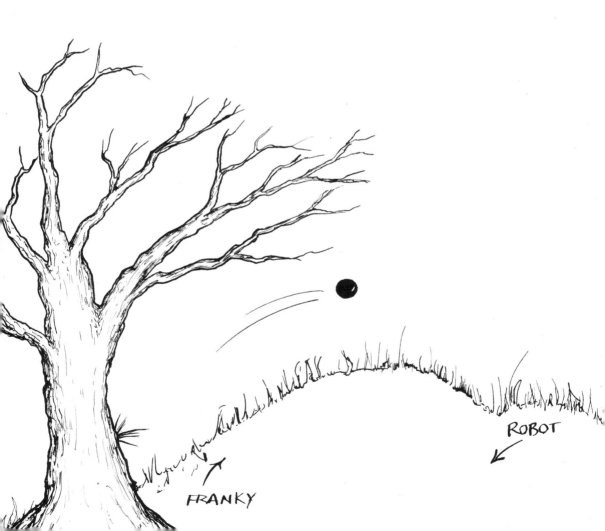

FRANKY

ROBOT

Josefina

¡Va por Vilma!

Josefina era una perrita muy popular entre los vecinos. A algunos les parecía simpática por sus múltiples arrugas, otros veían ternura en sus enormes ojos negros, la mayoría admiraba su "perronalidad". Ella no escuchaba las adulaciones, decía que todas las pug eran arrugadas, tenían ojos grandes y negros, y su perronalidad era igual que la de cualquiera de su raza, aunque ella no era de raza pura porque su padre era bulldog. Lo que sí, ninguna tenía una verruga, mucho menos a una pulga de inquilina.

Vilma habitaba en la verruga de Josefina. Era una pulga poco convencional: no saltaba como lo hacían las de su especie, tampoco caminaba escondiéndose entre el pelaje canino ni picaba a Josefina para alimentarse de su sangre. Y es que estaba agradecida porque Josefina la había ayudado a rescatar a sus amigos de un supuesto veterinario que los utilizaba de esclavos en un circo de pulgas.

Pero si las pulgas se alimentan de sangre de perros y gatos, te preguntarás, ¿qué comía Vilma? Les cuento: Josefina era una perrita consentida, le daban de comer carne de res cruda. La cachorra exprimía la parte más jugosa de su bistec para alimentar a Vilma; una gota de sangre era suficiente para la pequeña inquilina porque gastaba pocas calorías, pues era una pulga muy relajada: había logrado trenzar los pelos de la verruga a manera de hamaca y dormía en ésta la mayor parte del día*.

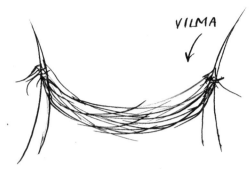

VILMA

A mediados de diciembre anunciaron una epidemia en el ganado vacuno: Encefalopatía espongiforme bovina, o sea, la enfermedad de las vacas locas. La Secretaría de Salud aconsejaba no comer carne de res, por lo que los dueños de Josefina le cambiaron su habitual bistec por un plato de croquetas.

Josefina las comió a regañadientes… pensaba en la gota de sangre para Vilma, sabía que, para sobrevivir, una pulga debía de comer al menos cada quince días.

"Puedes picarme", le dijo Josefina a su inquilina (ellas se entendían bien con sólo pensar las ideas).

El diminuto bicho respondió que no tenía hambre.

Al día siguiente Josefina se sentó junto a la puerta de la entrada; normalmente la sacaban a pasear en cuanto la veían ahí. Pensó que podía toparse con un perro para que Vilma se alimentara.

"Lo siento, Josefina, no puedo arriesgarte, están robando perros", dijo su amo, "hace unos días se llevaron al del vecino".

Josefina se asomó por la ventana, justo pasaba un mastín napolitano.

"Vamos, Vilma, ahí va tu almuerzo… debes caber por uno de los huecos del mosquitero", le dijo Josefina.

Pero Vilma nunca había visto a ese perro, temía no volver a ver a su amiga, por lo que dijo que aún tenía la barriga llena.

Josefina no le creyó. Entonces le llegó un olor bastante particular. Inhaló profundamente, la red perruna anunciaba problemas en la comunidad canina. Sin embargo, para ella no había problema más grande que el que enfrentaba su inquilina.

Al quinto día Josefina estaba ansiosa, mostraba más arrugas que de costumbre; sus amos no se percataron porque siempre parecía preocupada. Al séptimo día dejó de comer croquetas para que sus amos le compraran un bistec. Al ver que su cachorra no comía, le agregaron una lata de atún a las croquetas… Josefina no se pudo resistir.

Vilma estaba cada día más débil, se la pasaba echada sobre su hamaca sin siquiera lamerse las patitas.

"Vilma", le dijo Josefina, "ya pasaron nueve días, necesitas comer, ¿no quieres picarme?"

"No, gracias", respondió Vilma raspando uno de los pelos de Josefina con sus patitas para distraer a la cachorra.

Las noticias sobre la epidemia no reportaban avance, por el contrario, la situación empeoraba con el pasar de los días. Vilma ya era una cascarita.

"Vilma", dijo Josefina, "¡Pícame!*"

JOSEFINA

"De ninguna manera, Josefina. Tú fuiste muy buena amiga… y no tengo hambre", mintió la pulga, pues no quería preocupar a su amiga.

Por más que Josefina insistió, Vilma permaneció echada en su hamaca. Josefina decidió a rascar la puerta principal con ímpetu.

"Pronto me van a sacar a pasear", le dijo Josefina a su inquilina. "Cuando me acerque a un perro, saltas a su lomo y te das un buen festín de sangre".

Pero sus dueños habían escuchado que el secuestrador de perros recién se había llevado a diez perros de un solo impulso, adormeciendo al hombre que los sacaba a pasear. Así es que sólo la sacaron al jardín.

Ese día, que era el doceavo desde que Vilma dejara de comer, fue un día de vientos fuertes. Josefina olfateó el ambiente: era cierto, la red perruna anunciaba que el problema se había agravado, sugerían no salir de casa y, si lo hacían, no debían separarse de sus dueños ni para perseguir gatos.

Pero Josefina estaba demasiado preocupada por su amiga en ese momento. Intentó salir por cada una de las ventanas… todas estaban protegidas con barrotes.

Al treceavo día Vilma apenas podía abrir los ojos y Josefina llegó al extremo de hacer "lo necesario" para obligar a sus dueños a sacarla a pasear.

Los dueños la sancionaron explicándole que no querían exponerla al peligro. Y debía hacer "sus cosas" en el jardín, ¡nunca en la cocina!

Al catorceavo día Josefina vio que su inquilina estaba lánguida, no podía pasar un día más sin comer.

Vilma se resistía a picar a su anfitriona y amiga. Fue entonces que Josefina tomó una resolución.

Rascó la puerta que daba al jardín, ¡era una urgencia!

"Muy bien, Josefina, aprendiste la lección", aplaudió su amo.

Josefina se puso a escarbar con frenesí en cuanto perdió de vista a su dueño. Hizo una pausa, recibía una alerta de la red perruna: alguien dijo que estuvieran atentos a una van blanca, de ésta salían aullidos de auxilio. Josefina se puso alerta, pero no cambió su resolución: cinco minutos más tarde estaba del otro lado de la cerca*.

Justo en ese momento pasaban tres cachorros a toda prisa. Josefina ladró y se colocó en posición de juego… Bali, Malik y Franky no tenían tiempo de jugar, por lo que Josefina tuvo que unirse a la carrera de los cachorros.

JOSEFINA
(VILMA)

Cheto

¡Un perro con suerte!

Cheto era, por mucho, el cachorro salchicha más vivo de toda la camada; eso había escuchado decir a sus dueños. Recordó a sus hermanos mientras descansaba detrás de unos arbustos. ¿Estaban a salvo? Sus patitas se tensaron al recordar a sus captores: eran estructuras de metal en forma de huesos unidos con tornillos. ¿Androides? Al principio no había adivinado la especie porque caminaban con las patas traseras, pero tenían hocicos y colas... no, no eran humanos. Recordó sus calaveras perfectamente contorneadas, las cuencas de los ojos, los dientes afilados... sintió un vuelco en el estómago al evocar el rechinido al abrir y cerrar las quijadas igual que una puerta con bisagras oxidadas.

Dos de los captores le habían sostenido las patas mientras el tercero, el del hocico chato, le estiraba el pellejo del vientre. Luego le colocó algo en la punta de la cola parecido a un carrito de control remoto; al encenderlo, el aparato fue recorriendo su cuerpo causándole cosquillas... no fue una sensación agradable, sobre todo porque un perro salchicha es largo y el aparato parecía que nunca iba a llegar al extremo opuesto. El androide de hocico chato tomó el artefacto y lo colocó en una máquina que produjo un ruido como de calculadora. Cheto pudo leer la medalla en el pecho del androide, se llamaba Brako. La calavera estiró las orejas del cachorro, abrió el hocico y de éste salió un ruido extraño; era obvio que se burlaba de lo largas que eran, comparadas con su corta estatura… los otros dos lo secundaron.

Pero había logrado escapar de sus captores, ahora retomaba la marcha, ¿pero hacia dónde? Necesitaba ayuda para rescatar a sus hermanos.

"Por suerte se le acabó la batería a Brako cuando llenaba la jeringa con anestesia", pensó, al recordar su huida silenciosa mientras los otros dos androides trataban de colocarle una batería nueva al que evidentemente era su jefe.

Cheto pensó que sus hermanos no tendrían la misma suerte que él. Escuchó ladridos a lo lejos y olfateó el aire… ¿qué le informaba la red perruna? Había muchos datos al mismo tiempo, estaba confundido. Miró hacia atrás… ¿y si lo seguían los espantosos androides? Se detuvo a beber agua de un charco. De repente vio siluetas caninas de diferentes tamaños reflejadas en el agua, echó unos pasos atrás para esconderse detrás de un árbol.

Bali, Malik, Franky y Josefina bebían agua como si el charco fuera un oasis en el desierto. Cheto los observó desde la distancia sin dejar de prestar atención a la vereda por donde había llegado, pues temía que los tres adefesios lo tomaran por sorpresa.

Una vez que saciaron la sed, los cuatro cachorros se dedicaron a olfatear los rastros perrunos. Bali se rascaba con esmero detrás de la oreja. Josefina se le acercó a olfatearla… en realidad iba por su inquilina que se había albergado en la cachorra rottweiler durante la carrera. Josefina sintió cuando Vilma brincó sobre su lomo y se desplazó con agilidad para instalarse en su verruga… la pulga se había recuperado por completo.

Bali se adentró en el charco para refrescar su vientre*. Malik fue nadando hacia ella, su lengua colgaba ancha y larga, y como no era muy distro en este deporte, salpicó en varias direcciones. Bali agradeció el gesto porque con su chapoteo lanzó un poco de barro sobre el piquete de pulga, lo que le calmó la comezón.

Franky se puso a jugar con un bote de plástico que alguien había dejado junto al charco; si bien no tenía su adorada pelota roja, podía jugar con éste.

Malik salió del charco porque, como dije, la natación no era lo suyo. Se aproximó a Cheto, nunca había visto a un cachorro con las patas más cortas que las suyas. Cuando leyó el nombre de éste en la medalla del collar explayó una amplia sonrisa diciendo que tenía "nombre de papita". Cheto no se molestó, no era la primera vez que se burlaban de él, aunque casi siempre lo hacían por su corta estatura o porque se tropezaba con sus orejas. Además, le hizo ver al bulldog que lo inquietaban otras cosas en ese momento, por ejemplo, escapar de los tres esperpentos, y buscar refuerzos para rescatar a sus hermanos. Lo expresó haciendo un depósito bastante oloroso en el pasto.

Al olfatear la doble preocupación de Cheto, Malik convocó a una reunión perruna bajo la sombra de un árbol; Bali se echó junto a Malik y se arrastró un buen rato para quitarse el barro de la barriga; había olvidado el piquete de pulga, lo que dejó tranquila a Josefina. Franky se aproximó a la comitiva mordiendo la tapa de plástico; Josefina veía a cada uno de los perros con ojos orondos, nunca había estado lejos de casa, ni de sus amos, y sin embargo se sentía feliz en compañía de sus nuevos amigos.

Una vez que estuvieron reunidos, y se olfatearon los rabos, Cheto contó su anécdota: un mes atrás, él y sus cuatro hermanos estaban en el parque con sus dueños. De pronto escuchó voces detrás de un arbusto, le ofrecían una salchicha; no se resistió y acabó en una red para atrapar mariposas. Horas después se encontró en una jaula con muchos perros. Tardó buen rato en localizar a sus hermanos. Luego hizo silencio, tragó saliva y continuó:

"Hoy en la mañana unos androides me sacaron de la perrera y me hicieron pasar malos ratos, pretendían adormecerme; de suerte que se le acabó la pila al anestesista y mientras se la cambiaban aproveché para esconderme detrás de unas cajas donde, por suerte, había un hoyo de ratón en la pared… gracias a que soy chico, y a que no había comido bien en días, logré escapar.

"Ahí deben estar los perros perdidos del pueblo donde vivo", dijo Bali.

Malik preguntó si de casualidad había visto a Las flores; describió a cada uno de sus diez amigos y sí, Cheto confirmó las sospechas de Malik diciendo que siempre andaban juntos, como si fueran un racimo de uvas. Había más perros en la jaula, todos con sarna, pulgas, parásitos, garrapatas y eso. Y flacos, dijo estirando su cuerpo para mostrar sus costillas.

Josefina le acercó unas migajas de pan que alguien había dejado bajo el árbol.

Cheto agregó que Brako, el del hocico chato, parecía el líder de los androides, que había más esqueletos de perros metálicos, y no entendía qué pasaba en esa perrera, pero nadie estaba contento.

Entonces habló Franky: él mismo había vivido ahí los primeros meses de vida, hasta que sus amos lo adoptaron. En ese momento Franky sintió profunda nostalgia por sus amos y por su pelota roja, aunque también quería rescatar a los perros que habían sido sus amigos durante su primera infancia, especialmente a Mila.

Bali informó sobre sus pesquisas en la red perruna (y gatuna), sin duda, los carteles que ofrecían recompensa por los perros perdidos estaban en esa jaula.

Hubo silencio, cada uno pensó en los perros en cautiverio y se imaginó en la misma situación. ¿Quién secuestraba a los perros?, ¿quién manejaba a los androides?, ¿por qué habían intentado adormecer a Cheto? Y, sobre todo, ¿para qué querían tantos perros? Esas preguntas las hizo Josefina, que era perspicaz; no comentó nada más, su intención de acompañar al grupo de perros había sido otra; lo que sí, ya se había integrado y pretendía seguir a sus amigos hasta el final. Cheto sintió escalofríos a lo largo de su largo cuerpo y tuvo un pensamiento que borró al instante... los cachorros presintieron el horror en el salchicha.*

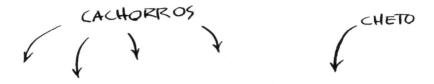

Malik dijo que el misterio lo podían resolver juntos, cada uno contaba con habilidades distintas. Cheto y Franky se miraron entre sí, eran los únicos que habían estado cautivos en la jaula. Franky dijo que, aunque temía volver ahí, confiaba en el trabajo en equipo. Cheto se sentó levantando las patas delanteras y con su pechito en alto agregó: "¡Vaya que soy un perro con suerte!".

"Pues ni tanta", contradijo Malik. "estuviste en la jaula y...".

"... y escapé de los androides. Y ahora tengo suerte porque unos valientes me ayudarán a rescatar a mis hermanos".

"Y no sólo a ellos, vamos a rescatar a la jauría completa", dijo Bali, y los otros la secundaron.

Jugaron un rato para relajar la tensión acumulada. Y porque eran cachorros. Luego se dispersaron en el parque plagado de información perruna para buscar pistas, sin éstas no podrían llegar a salvo a la jaula.

Bali ladró un par de veces y se reunieron de nuevo. Cada uno añadió pistas que recolectaron de la red perruna: ya sabían qué camino tomar para no ser atropellados por automovilistas, tenían claro dónde detenerse a beber agua y dónde había humanos caritativos que dejaban croquetas afuera de su casa. También ubicaron la dirección del vecino que, por el contrario, dejaba huesos con veneno en su cochera.

Sólo una pregunta seguía sin respuesta: ¿para qué robaban perros? Bali dijo que lo descubrirían en la perrera, los demás movieron la cola en acuerdo y se echaron a correr.

Vilma cabalgó sostenida de los pelos de la verruga de Josefina* y susurró que Bali era fuerte e inteligente, Malik era audaz, Franky era buen amigo y Cheto, a pesar de ser tan pequeño, era muy valiente; sin duda, los cachorros resolverían el misterio perruno.

A Cheto le pareció escuchar la vocecita... a pesar de que temía volver al recinto, las palabras de la pequeña pulga lo alentaron... sabía que estaba bien acompañado.

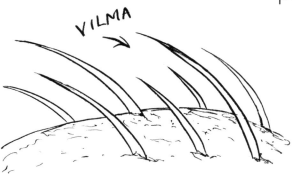
VILMA

Brako y los androides

Los cachorros llegaron al atardecer; se habían confundido porque la red perruna tenía demasiados datos conforme se acercaban al lugar del siniestro. La descripción de Cheto se había quedado corta: la jaula era enorme, aunque se veía pequeña porque estaba saturada de perros de diferentes tamaños, razas y edades, desde perras con sus cachorros recién nacidos hasta ancianos renqueando de alguna de las patas. Parecía que nadie había limpiado la jaula en meses, estaban embarrados de la mezcla pestilente, la red perruna estaba a punto de colapsar.

Además, había algunas perras en celo y la competencia por acercarse a ellas volvía feroces a los machos. No me atrevo a describir los resultados de sus peleas.

Para acabar, la única sombra de toda le perrera era la que proyectaba un árbol; ahí se refugiaban unos sobre otros (aunque era invierno, estar bajo el sol todo el día los tenía al borde de la insolación).

Y sí, estaban infestados de pulgas y garrapatas. Y sufrían tremenda comezón por la sarna. Además, los cachorros pudieron darse cuenta de quiénes acababan de llegar porque no estaban "en huesos" como la mayoría.

Al ver a los cinco cachorros pasar junto a la perrera, la jauría cautiva aulló al unísono pidiendo ayuda; los hermanos de Cheto golpearon sus patitas contra el suelo chamagoso celebrando que había regresado con refuerzos.

Franky reconoció a sus amigos de la primera infancia, pero no vio a Mila, su compañera de juegos.

Malik llamó a Las flores; los diez perros se acercaron rogándole que los sacara de ahí antes de que fuera demasiado tarde… el chow chow se asfixiaba por el calor, el bóxer enfrentaba al que se le pusiera enfrente, y el border collie estaba seriamente deprimido*.

CHOW CHOW

BOXER

BORDER COLLIE

Josefina reconoció el olor de su vecino, Zeus, un schnauzer miniatura; siempre traía los bigotes sucios y enredados. Josefina lo olfateó moviendo la cola… aunque estaba chamagoso, su humor le agradaba. De pronto Zeus se rascó detrás de la oreja, una de sus pulgas saltó y se desplazó por el lomo de Josefina. Vilma percibió el problema y en un segundo puso orden en su territorio.

Bali convenció a la apestosa jauría de guardar silencio. Sí, venían a rescatarlos, pero necesitaban ser pacientes. Y debían dejar de brincar porque cada vez que asentaban las patas en el suelo salpicaban de porquería.

Los cinco cachorros fueron hacia la puerta… imposible abrirla, tenía un candado en forma de calavera de perro, el cerrojo era el hueco en la nariz.

De pronto se escuchó que encendieron una máquina, provenía de una habitación a unos metros de la jaula. Los cinco cachorros fueron hacia allá con sigilo y se asomaron por la ventana: cinco perros androides estaban parados en sus patas traseras frente a una mesa larga; la superficie de ésta se movía como las bandas que llevan maletas en los aeropuertos… un brazo de metal jalaba a una cachorra mestiza haciéndola caminar contra su voluntad sobre la banda metálica.

"Es Mila", murmuró Franky.

Los androides miraron hacia la ventana; no vieron nada porque no tenían ojos, pero habían escuchado ruido.

"Guarden silencio", susurró Bali.

Los androides comentaron algo, uno se aproximó a la ventana y colocó su oreja contra ésta, luego regresó con los otros.

Los cachorros vieron que los androides iniciaron su trabajo de manera automática. El primer androide, de izquierda a derecha, mojó a Mila, el segundo le aplicó jabón, el tercero se lo quitó, el cuarto la secó, el quinto le echó un líquido con atomizador… el aerosol hizo que la sarna desapareciera y en los huecos creció pelo nuevo al instante dejando la cabellera de Mila hermosa y brillante, aunque la hizo estornudar una y otra vez. Los androides soltaron una carcajada*. Cheto recordó que también se rieron de sus estornudos cuando le tocó transitar por esa banda.

BRAKO
↓

De ahí llevaron a Mila a la habitación contigua. Cheto se encaminó hacia allá por afuera del recinto y los demás lo siguieron.

Se asomaron por la ventana. Dos androides estaban parados en dos patas con guantes de plástico en las patas delanteras. En cuanto Mila entró en la habitación, la tomaron del pellejo y la colocaron sobre la mesa boca arriba.

Entonces llegó Brako, el del hocico chato*.

Cheto sintió que el pelo del lomo se le erizaba; si bien Brako no tenía ojos, su expresión era terrorífica. Además, sus cuencas estaban pobladas de telarañas con sus correspondientes dueñas. Brako colocó un aparato en el vientre de la cachorra y con un comando lo hizo transitar por cada una de las partes de Mila… era una cinta métrica robotizada; también exploró sus ojos con un artefacto muy sofisticado e insertó ambos instrumentos en una consola que lanzó datos al por mayor sobre una pantalla plana.

Bali opinó que debían explorar la bodega contigua; Franky dijo que se adelantaran, él quería salvar a su amiga.

Malik siguió a Bali; por un lado, para ayudarla, por otro, porque cada vez que estaba junto a ella sentía cosquillas en la barriga y le gustaba esa sensación.

Cheto y Josefina se quedaron con Franky, estaba seriamente preocupado, no sabía cómo salvar a Mila.

"¡Debemos entrar!", exclamó Franky.

"Son más grandes y no sabemos la fuerza que puedan tener", objetó Josefina.

Cheto vio en dirección al muro por donde había escapado; alguien había puesto un anaquel con frasquitos de vidrio de todos tamaños, por lo que no sabía si aún estaba el hoyo de ratón. Si sí, trataría de entrar para abrir la ventana, por ahí podría escapar Mila.

Franky sintió un vuelco en el estómago al ver que Brako llenaba la jeringa con un líquido rosado.

"No tardes", suplicó.

"Confía en mi", respondió Cheto con seguridad en su leve ladrido, y se fue a la parte posterior de la habitación.

Mientras, al ver la jeringa, Mila forcejeó soltándose de la pata. Brako sancionó al androide descuidado.

Mila movía la cabeza tratando de zafarse. De pronto se escucharon tres sonidos al mismo tiempo: el conocido ruido de cristal estrellado múltiples veces, el gruñido de un animal furioso y un aullido de dolor. Y es que habían pasado tres cosas al mismo tiempo: Cheto había derribado el anaquel con cientos de frasquitos de vidrio, Franky gruñó al ver que Brako insertaba la aguja en su amiga y ésta chilló cuando Brako sacó abruptamente la jeringa de su vena.*

BRAKO

MILA ⟶

En lo que los androides reaccionaban por lo ocurrido, Cheto abrió la ventana para que Mila pudiera salir... la cachorra se mantuvo inerte sobre la mesa quirúrgica, la anestesia ya iniciaba su efecto.

Entonces empezó la persecución. Cada androide seguía a uno de los cachorros; Cheto logró salir por donde había entrado y Brako lo siguió... quedó atrapado sin poder avanzar ni retroceder. Josefina y Franky corrían en círculos alrededor de la mesa, seguidos de los androides; cuando cambiaron de dirección, los androides no se pusieron de acuerdo y sólo uno cambió el sentido... aquello acabó en un confeti de tuercas y tornillos.

Franky le lamió el rostro a Mila para que volviera en sí. Nada. Josefina y su inquilina tuvieron una plática: la pulga le succionaría la anestesia, pero era inminente que la escupiera al instante, pues era demasiado líquido para el tamaño de la pulga.

De pronto se escuchó el sonido de una chicharra; el centenar de perros cautivos comenzó a ladrar y a saltar lanzándose contra el alambrado. Cheto pensó que lo habían descubierto, se adentró en el hoyo por el que había salido para que no lo vieran. Brako estaba desesperado... aunque tenía a Cheto a unos centímetros de distancia, no podía alcanzarlo. Dos androides más chicos, aunque más fornidos, pasaron con costales de alimento en carretillas y no se percataron de nada porque tenían como única tarea vaciar los sacos de comida en los comederos. Cheto salió del escondite y se aproximó a Bali y a Malik: estaban en una esquina escondiéndose de dos androides enormes que custodiaban la puerta.

"¿Qué pasó con Mila?", preguntó Malik.

"Está bien dormida", respondió Cheto.

Bali empezaba a trazar un plan con su pezuña para alejar a los androides, Cheto aseguró que él podía distraerlos.

"Es muy peligroso", aseveró Bali.

"Voy a correr hacia allá", dijo señalando con su nariz hacia un tubo de metal.

Cheto dijo que los androides eran demasiado grandes para entrar en el tubo.

Bali y Malik no estuvieron de acuerdo, era demasiado riesgoso, pero Cheto ya había emprendido la carrera.

Los dos androides dieron tres trancos, en el cuarto llegaron al tubo, pero Cheto ya estaba adentro.

Cada androide se fue a uno de los extremos, y al no alcanzarlo con sus patas, se sentaron a esperar emitiendo ruidos extraños. Cheto imaginó que dialogaban sobre la suerte de encontrar al cachorro perdido esa mañana; estaban tan contentos que no se percataron de que dos cachorros se infiltraban en la bodega*.

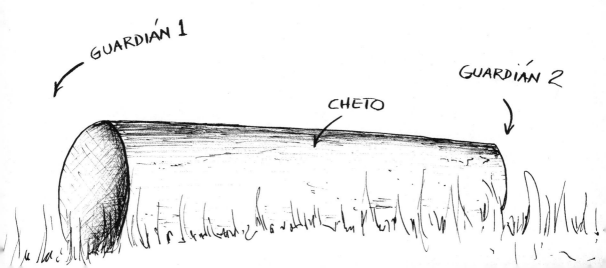

Doggo, mi mascota inteligente

Malik y Bali se sintieron pequeñitos ante la inmensidad de la bodega. Vieron cientos de androides dispuestos en hileras. Algunos tenían patas cortas y eran largos, otros, al contrario, seguramente esqueletos de gran danés. En su mayoría eran pequeños. Bali los reconoció como esqueletos de cachorros, pues las cuencas de los ojos eran más grandes.

Al fondo de la bodega se podía ver una pantalla enorme con un logotipo que decía Doggo. El sistema de circuito cerrado contaba con múltiples monitores, cada uno mostraba una sección del recinto o de una zona de la ciudad. De pronto la imagen de la gran pantalla cambió haciendo un acercamiento a un paseador de perros, se reveló la dirección exacta del lugar y apareció la palabra "Archivar" en color verde. La imagen de la pantalla cambió a la de la jaula donde los perros cautivos se disputaban las pocas croquetas que quedaban en los comederos.

OJO →

Bali se preguntó si esos monitores estaban gobernados por un androide o una persona… se acercó con cautela para descubrir que ni uno ni lo otro… era un ojo, sólo un ojo, una pieza de inteligencia artificial a manera de holograma, flotando en el espacio*.

La pantalla cambió para proyectar un canal de televisión abierta donde se anunciaba *"Doggo, la nueva era de mascotas"*. En el comercial aparecía una niña abrazando a un maltés y un joven a un Akita. Luego se enumeraban las ventajas y desventajas de tener una mascota *Doggo*.

Pros:
- Obediencia---- 100%
- Afectuosos---- 100%
- Apariencia natural---- 100%.
- Pelaje natural---- 100%.
- Ojos naturales---- 100%.
- Guardianes---- 100%
- Compañía---- 100%
- Gastos de alimentación---- 0%
- Gastos de veterinario---- 0%
- Gastos funerarios ---- 0%
- Ladridos---- 0%
- Pulgas y garrapatas---- 0%
- Travesuras---- 0%
- Pipí---- 0%
- Popó---- 0%

Contras:
Ninguna

El anuncio terminaba mostrando a un niño androide corriendo en cámara lenta junto a un cachorro de pelo largo… al fondo se escuchó la frase con voz infantil: *"Doggo, mi mascota inteligente"*.

Bali estaba confundida, ¿el dueño de la empresa *Doggo* iba a entrenar a los perros cautivos para venderlos como mascotas inteligentes? Si bien la escena era hermosa, algo la inquietaba. Miró a su alrededor, ¿por qué robaba perros si podía ofrecer el entrenamiento a cambio de dinero?, ¿cómo iba a lograr que los perros redujeran sus necesidades de comer y descomer al 0%? ¿Y para qué quería a los androides? ¡Había perro encerrado!

Junto a los monitores estaba una placa de vidrio grueso sostenido del techo por dos cables de gran calibre; en la esquina inferior derecha había un botón con el logotipo de *Doggo*. Bali lo presionó con la nariz. En el vidrio se veía el holograma virtual de un hombre con un amplio sombrero presentando a un séquito de androides a punto de crear un *Doggo*, todo a manera de holograma: los androides bañaron y secaron a un perro y al final le aplicaron un producto en aerosol… el pelambre del perro brillaba intensamente. Era la escena que los cachorros recién habían visto con Mila.

"¿Roba perros para probar el producto?", preguntó Malik.

"Shhh", dijo Bali.

El video mostraba un androide aproximándose al perro del pelo brillante; tenían el mismo tamaño y forma.

De pronto la imagen del perro de pelo brillante empezó a sobreponerse a la imagen del androide hasta que ambas imágenes se fusionaron por completo.

Bali guardó la cola entre las patas, sus músculos perdieron fuerza, estuvo a punto de caer de golpe, pero Malik la sostuvo con su lomo fornido y la bajó lentamente al suelo*.

Cuando Bali recuperó el conocimiento, se volvió hacia la pantalla.

"¡Los piensan despellejar!", susurró, al tiempo que una ola de frío la recorría del cuello a la punta del rabo.

"¿Cómo?", dijo Malik, que aún no caía en cuenta de lo que Bali había podido deducir.

El resto del video confirmó las sospechas de Bali: el hombre dijo que iban a proceder al revestimiento del androide con la piel del perro. A pesar de que era realidad aumentada, ambos cachorros se taparon los ojos ante el horror; Bali vomitó al escuchar cómo pensaban llenar las cuencas de los ojos del androide.

Malik acarició a Bali con su patita, debía calmarse, tenían que salvar a los perros cautivos.

En la placa de vidrio apareció una lista extensa de nombres de perros que empataban con fotografías de androides. Y la lista de precios, cada mascota costaba lo inimaginable… los cachorros, por supuesto, eran mucho más caros, porque además siempre iban a ser pequeños y adorables. ¡Con razón robaban tantos perros! El primero en la lista era Cheto; junto a su nombre estaba la imagen de un androide chaparrito, largo de cuerpo y de orejas; luego el nombre de Mila. A Bali le tranquilizó saber que Mila era la segunda en fila (porque Cheto había escapado). Ella y sus amigos todavía podían evitar los planes macabros.

Josefina, Franky y Mila entraron en la bodega al tiempo que la pantalla cambiaba a un noticiero con el encabezado: *Misterio perruno*. La escena era afuera de las instalaciones del Instituto de Protección a las Mascotas. El director de dicho centro informó que ya se habían recibido trescientos ochenta y dos reportes de secuestro. La gente que había perdido a sus perros fue entrevistada; todos parecían desesperados. Josefina reconoció a sus amos y ladro con la esperanza de que la escucharan.

Fue entonces cuando el ojo creado con inteligencia artificial, ése que manejaba los controles, giró en dirección a los cachorros; es decir, el ojo también escuchaba.

Franky, que había vivido con ingenieros en robótica, no tardó en entender la consola. Sin perder un instante, movió la palanca principal con el hocico y con ello cerró el holograma del ojo. Después orientó la cámara hacia donde estaban sus amigos y encendió la cámara.

La gente que seguía el noticiero pudo ver a Bali, Malik, Josefina y Mila ladrando. Franky movió algo en los controles y la pantalla mostró la jaula con los perros cautivos, luego giró la cámara hacia las hileras de los androides en forma de perros y fue alternando el contenido de cada uno de los monitores para concluir con el video del procedimiento para hacer mascotas Doggo.

La verdad estaba saliendo a la luz, más dueños de perros secuestrados llegaban al Instituto de Protección a las Mascotas, pero nadie sabía dónde estaba localizada la perrera.

Se escuchó que la puerta principal de la bodega se abrió de par en par. Brako entró con algo en su hocico… ¡era Cheto!* De suerte que le sobraba pellejo en el

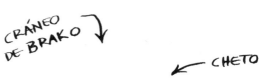

CRÁNEO DE BRAKO ↓

← CHETO

lomo porque era muy fino, y porque había estado semanas a dieta.

Bali tomó un par de pasos al frente, Mila, Josefina y Malik siguieron el ejemplo; Franky, en cambio, giró la cámara para que los noticieros transmitieran el evento en vivo. También activó el GPS.

Otra vez se abrió la puerta y entraron los dos androides guardianes. Los cachorros dieron un paso atrás cuando Brako y los guardianes avanzaron hacia ellos*.

Se abrió la puerta de golpe por tercera vez.

GUARDIÁN 1
↓

BRAKO
↓

GUARDIÁN 2
↙

El Cerbero y otros monstruos

¿Recuerdan que Barrabás había hecho un pacto con Bali para resolver el misterio de la falta de perros en el pueblo de artistas? Pues Barrabás entró sin ladrar ni gruñir, se fue directo a atacar a los androides*. Cheto aprovechó la trifulca y latigueó su cola con fuerza… una de las tuercas de la quijada de Brako se aflojó y el pequeño salchicha logró liberarse.

Bali, Josefina, Mila y Malik apoyaron a Barrabás: atacaban a los androides con furia. Cheto se recuperaba de haber estado en las fauces del androide, pues aquél había tratado de sofocarlo. Franky buscó los comandos de control de esos androides; nada, seguramente el ojo inteligente era quien los controlaba, pero ¿quién controlaba al ojo?

Y como si sus pensamientos hubieran sido escuchados, el ojo se abrió y la pantalla mostró a un hombre con sombrero en holograma. Ahí estaba la respuesta que Franky esperaba.

BARRABÁS

El hombre traslúcido dijo: "Liberaré a los perros cautivos en cuanto salgan de mi territorio".

"Patrañas", dijo Malik, y cerró su mandíbula triturando la pata trasera del androide.

Bali y Mila habían desarmado al otro androide y escarbaban entre los restos… la llave de la jaula no estaba en la pila de metal.

Brako, por mucho el más feroz de las tres máquinas, tenía la quijada izquierda caída, pero había activado sus pezuñas que parecían dagas filosas; estaba a punto de darle un zarpazo a Barrabás; éste, que era muy ágil, corrió a toda velocidad, apoyó sus patas delanteras en la pared para luego impulsarse con las traseras y derribar al androide. Éste se incorporó más molesto que antes y se le echó encima, empezaron a revolcarse.

Bali, Malik, Mila y Josefina estaban atentos a la lucha entre Brako y Barrabás mientras se lamían las heridas.

Franky vio que uno de los monitores mostraba decenas de androides acercándose a la puerta de entrada… debía encontrar al que manejaba el control general, esto es, al hombre del holograma, pues temía que activara a los demás androides. De pronto escuchó gruñidos en las alturas de la bodega, ¿qué pasaba en ese segundo piso? También vio algo similar al mecanismo de su robot cuando subía la pelota del pie a la mano, recordó la palabra "asensor".

"¡Hay que ir arriba!", dijo, y se dirigió hacia el elevador.

Barrabás aseguró que los alcanzaría, por el momento se estaba divirtiendo con su juguete nuevo.

Todos siguieron a Franky… Barrabás, que tenía más vida y por lo tanto más experiencia, dijo que estuvieran preparados, pronto se iban a enfrentar al "hombre egoísta", el peor de los animales.

En cuanto abrieron la puerta del elevador, los cachorros se dirigieron a lo que parecía ser una oficina.

"¿Quieren conocer a mi Cerbero?", escucharon decir por altavoz.

Ninguno sabía lo que era un Cerbero, hasta que abrieron la puerta y se toparon con un artefacto con tres cabezas de androides de perro; tenían colmillos de metal afilados y ojos rojos que debían funcionar como sensores porque reaccionaban ante cualquier movimiento. ¡Y tenía cola de serpiente! También era de metal, pero tenía la flexibilidad de una de carne y hueso. Lo que sí, el Cerbero estaba fijo en un pedestal.

CERBERO

Pero el Cerbero se enfrentaba a seis cachorros muy inteligentes. A la cuenta de tres se separaron, las cabezas se movieron confundidas tratando de seguir los movimientos... la de en medio fue triturada por las dos de los extremos. Cheto distrajo a las dos cabezas restantes mientras los demás se escabullían hacia el fondo, donde se escuchaba la risa del hombre. ¿Dónde estaba?

La habitación exhibía esculturas de androides de diferentes animales, desde murciélagos hasta gatos, pasando por un dodo. También había carteles alrededor del recinto con publicidad de Doggo. La computadora sobre el escritorio mostraba un catálogo con fotografías de perros, entre los que aparecieron los hermanos de Cheto, Mila, los integrantes de Las flores y otros perros cautivos.

Josefina encontró un hueco en el muro... debía ser el tubo por donde había escapado el hombre, pues se escuchaban las carcajadas alejándose.

Franky fue el primero en lanzarse por el tubo, los otros lo siguieron. Bali quiso saber cómo estaba Barrabás; aunque le dio vértigo, se aproximó al filo de la habitación donde había un ventanal enorme.

Cheto estaba moviéndose cadenciosamente para adormecer la serpiente del Cerbero, pues se dio cuenta de que, si dormía al reptil, las cabezas se volvían dóciles, lo que los ayudaría a escapar. Pero Bali estaba absorta viendo a Brako parado frente al elevador, tenía una pata lastimada… ladraba con furia.

"Vamos, Bali, ahora", le dijo Cheto.

Bali fue hacia el tobogán, pero esperó a Barrabás; éste entró en la oficina y las cabezas de los androides despertaron del letargo; Cheto las distrajo mientras Barrabás se dirigía al fondo de la habitación, cojeaba de una pata. Bali se lanzó por el tobogán de un brinco y Barrabás la siguió, pero el peso fue demasiado y el tubo se fue desarmando conforme descendían.

Cheto estaba encerrado: no podía salir por el tubo de escape y tampoco podía bajar por el ascensor porque Brako estaba al acecho. Debía buscar una salida. Se movió de prisa para confundir a las cabezas del Cerbero; el salchicha pegó un salto tras otro, asentando sus patas en los hocicos de las cabezas y con el impulso llegó hasta lo alto de un librero… la serpiente alcanzó a rasgarle la piel del costado, aunque fue tan rápido que no alcanzó a inyectarle veneno*. Cheto no le prestó atención al ardor, a final de cuentas ya estaba fuera del alcance del Cerbero.

"Qué suerte ser tan pequeño", dijo, y salió del recinto por una ventana en la parte alta de la oficina, suficientemente grande para él, pero no para Brako, que recién salía del elevador.

CHETO ↓   SERPIENTE ↓

Pandemónium

Empezaba a oscurecer cuando Bali y Barrabás cayeron en un espacio subterráneo, seguidos del tobogán hecho añicos. Los otros cachorros se aproximaron, estaban confundidos, cada uno había imaginado un escenario distinto del otro lado del tobogán, y todos esperaban encontrar al hombre del holograma.

La luz del fondo se intensificó revelando decenas de androides en estado de reposo. De pronto se encendieron los ojos de cada uno de éstos, dieron un paso al frente y marcharon en sus patas traseras al mismo tiempo, como si alguien los manipulara con un solo comando. Llevaban látigos de alambre flexible que chicoteaban al unísono.

Los cachorros se dieron cuenta de que la única salida era el hoyo en el techo del tobogán, imposible llegar a él.

Cada uno vivía la situación de manera distinta: Franky temía que el hombre ejecutara su plan macabro ahora que los tenía cautivos; Mila estaba decidida a sacrificarse por sus amigos; Josefina se dio cuenta de que la enfermedad de las vacas locas era una horrible enfermedad que la había llevado a ese subterráneo, Vilma la convenció de lo afortunada que era por estar con tantos valientes; Bali quería pensar que si lograban salir de ahí, y todos los perros enjaulados atacaban al mismo tiempo a los androides, tendrían oportunidad, pues los rebasaban por mucho en número, pero nadie debía perecer, por lo que buscaba estrategias para el ataque; Malik trataba de ignorar las cosquillas que sentía en la barriga por estar junto a Bali, pues temía que lo delataran; Barrabás se lamía las heridas provocadas por Brako; Cheto…

Cheto estaba en lo alto de la bodega*.

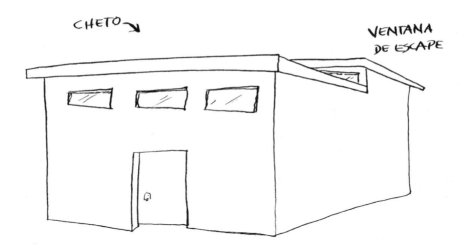

Primero escuchó el ruido agudo de las sirenas, luego vio las luces rojas y azules de las patrullas aproximándose al recinto. Con razón la jauría aullaba con frenesí.

Calculó cinco patrullas, festejó la inteligencia de Franky: de no haber mostrado las escenas por televisión abierta, nadie se habría enterado de lo que estaba sucediendo en el recinto. Los androides ya no podrían convertir a los perros en Doggos. A todo eso, ¿dónde estaban sus amigos? Fue al extremo opuesto de la azotea para buscarlos, debían estar en la jaula liberando a los perros. Estaba equivocado.

De pronto algo le llamó la atención por el rabillo del ojo: era el hombre que había visto en el video a manera de holograma; estaba en una casa vecina. ¿Su guarida y puerta de escape en caso de encontrarse en problemas? Aunque la luz era tenue, pudo ver que el hombre se colocó un tubo entre los labios y sopló con fuerza; el sonido era inaudible para los humanos, pero no para los canes... los silenció al instante.

Luego el hombre tomó un aparato con la mano derecha, con la otra movía el comando. En ese momento Brako salió de la bodega y miró hacia la jaula. El hombre movió los labios, ¿le daba una orden a su androide? Brako se dirigió hacia los perros cautivos, colocó su pata sobre el candado para abir el cerrojo y entró en la jaula caminando en dos patas. Al ver a Brako, los perros guardaron las colas entre las patas y se fueron hacia el fondo de la jaula... era obvio que el androide los había maltratado.

Entonces Brako empezó a rascar la tierra en el otro extremo de la jaula. ¿Qué se proponía? Era claro que los policías no iban a dejar al hombre salirse con la suya. Esto pensaba Cheto al escuchar las sirenas aproximándose.

Brako abrió una compuerta de metal y obligó a los perros a descender por una rampa. Se resistieron hasta que el androide activó un mecanismo en su vientre sacando un aparato de su pecho que emitía zumbidos eléctricos. Los perros debían conocer el efecto del transmisor porque empezaron a avanzar en fila india a toda prisa*.

Cheto escuchó un aullido que provenía del fondo de lo que parecía ser un sótano; fue anulado por la primera patrulla que llegaba al recinto. Cheto golpeó el techo con sus patitas, el plan macabro del hombre estaba a punto de fracasar.

Nadie salió de la patrulla. ¿Qué pasaba? Los ladridos de Cheto se confundieron con el ruido de las sirenas. Si el oficial no se hubiera detenido a responder sus mensajes de texto, habría visto la hilera de perros descendiendo por la rampa.

PERROS

BRAKO

COMPUERTA

RAMPA

Cheto percibió olores provenientes del sótano, pero la pestilencia de la jaula confundió toda información. ¿Eran orines de Bali? Para entonces su amiga sabía que él no había podido descender por el tobogán. De suerte que el viento sopló hacia el oeste llevándose los olores de la mezcla pestilente; le red perruna se despejó y Cheto pudo descifrar los olores que provenían del sótano: eran de Bali, le anunciaban que decenas de androides la tenían cautiva junto con el resto de los cachorros. También a la jauría.

Brako cerró la compuerta y la cubrió con tierra, luego fue hacia donde estaba su dueño*.

BRAKO ESCARBANDO

Para cuando llegó el resto del cuerpo policiaco, la jaula se encontraba totalmente vacía, salvo por la rampa que Brako había retirado del sótano para evitar que los perros escaparan.

Dejaron encendidas las luces de las patrullas y apagaron las sirenas para escuchar ladridos y decidir hacia donde iban a avanzar. El silencio era total, pues el hombre del sombrero activaba el silbato cada tres segundos. Sólo Cheto ladraba sin tregua desde lo alto de la azotea. Una linterna lo alumbró.

"¡Vaya jauría de perros!", se burló uno de los oficiales.

El jefe de policía reunió a su equipo y dijo:

"Les recuerdo que no tenemos orden de registro, es sólo una visita de indagación porque es propiedad privada".

"Parece que llegamos tarde a la fiesta", dijo otro oficial, que filmaba con su celullar la jaula vacía.

Revisaron el perímetro exterior. No había evidencias de maltrato animal.

De pronto el hombre del holograma caminó en dirección a las patrullas.

"Buenas noches, capi", dijo cándidamente.

"Buenas noches, señor. ¿Sabe usted quién vive ahí?", le preguntó el jefe de policía.

"Sí, un hombre que adoptaba perros de la calle para luego darlos en adopción, un hombre muy caritativo", dijo, "hace unos días recibió una llamada… parece que su madre está muy enferma".

"¿Qué hizo con los perros? Es obvio que había muchos", dijo moviendo su mano en abanico frente a su nariz.

"Tuvo que entregarlos a diferentes asociaciones protectoras de animales", respondió el hombre.

Cheto escuchó las mentiras desde las alturas y ladró con arrebato, a pesar de que el hombre activó el silbato mientras el oficial miraba en dirección al cachorro.

"¿Y ése?", preguntó el jefe.

"Ése es su cachorro, me pidió que lo alimentara dos veces a día en lo que regresa".

El jefe tomó apuntes, luego llamó a sus compañeros.

"El video que vimos debe haber sido una jugarreta de algún troll de Internet", dijo.

"Pero la porquería está fresca y...", empezó a decir el policía que se había quedado respondiendo mensajes en la patrulla.

"Caso cerrado", interrumpió el jefe.

Se encaminaron a las patrullas, Cheto ladró con más fuerza: "¡Están en el sótano, regresen!", decía, intentando traducir el grito de ayuda al lenguaje humano.

El hombre del holograma regresó a su casa, los policías se fueron retirando poco a poco. El policía que había llegado primero tomó video y fotografías con su celular. Cheto quedó encandilado por el destello del flash; cuando se recuperó del centelleo vio al policía alejándose hacia la patrulla, hablaba por celular.

El rescate

En cuanto se fueron, el
hombre activó el silbato desde la ventana para darle una
lección al salchicha; estaba bastante molesto con él y con
los otros cachorros, pues le habían retrasado sus planes.

En lugar de sentirse amedrentado, Cheto recordó lo que
sus amos decían sobre él: "Es el más vivo de la camada". Sí,
y si no hacía algo pronto, sería el único sobreviviente de los
cinco hermanos, ¡y de todos los perros cautivos!

Cheto volvió a la ventana por donde había salido. Por
suerte, las dos cabezas del Cerbero estaban dormidas,
igual que la cola de serpiente, por lo que avanzó con sigilo
hasta el elevador. Una vez que descendió, caminó de un
lado al otro de la gran bodega buscando una solución, debía haberla. Miró las filas interminables de androides. ¿Y si
al día siguiente el hombre reactivaba su plan? Hasta podía
despertar a más androides. ¿Cuál era el peor enemigo de
un perro de metal? De pronto agitó la cola de gusto, tenía
la respuesta.

El cachorro salió de la bodega con sigilo, el silencio era
total.

Exploró el terreno hasta encontrar lo que buscaba; jaló la
manguera hacia la jaula (tuvo que pisar la mezcla pestilente
y aguantó el olor con valentía). Introdujo la manguera por la

compuerta que llevaba al sótano. Por último, abrió la llave de alta presión.

Los perros cautivos se alejaron del agua, estaban tan confundidos como los androides; Cheto les dijo que confiaran en él, sólo debían ser pacientes hasta que "la alberca" se llenara. Y debían mover sus patitas con ritmo lento para no cansarse, lo importante era mantenerse a flote… pronto el agua llegaría al tope y podrían salir.

Alguien sugirió que colocara la rampa. Cheto argumentó que no era buena idea, pues también los androides podrían salir.

Los cachorros festejaron la inteligencia de Cheto mientras los androides se miraban las patas mojadas; evidentemente, su programación carecía de datos sobre qué hacer en caso de inundación.

De suerte que no estaba Brako para orientarlos; sin embargo, tenían sensores en los ojos: al percibir el movimiento de los perros nadando agitaron los látigos.

Los cinco cachorros y Barrabás empezaron a nadar alrededor de los androides; éstos los siguieron, aunque con bastante torpeza porque el agua ya les llegaba a las rodillas*.

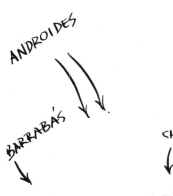

Bali fue apresada por uno de los androides… Malik se trepó por su espalda y empezó a mordisquearle los hombros; el androide soltó a la cachorra y quiso atrapar a Malik, pero Franky ya le había inmovilizado una de las patas delanteras y estaba trabajando en la otra.

Josefina se había acercado a otro de los androides y Vilma tuvo la ocurrencia de adentrarse por uno de los orificios de la nariz… anduvo por el cerebro artificial del androide hasta que encontró el interruptor principal; en poco tiempo el aparato dejó de funcionar y se hundió en el agua… la pulga salió a flote y nadó agitando sus múltiples patas hasta llegar a Josefina. Tomó un respiro antes de dejar su puerto seguro y se adentró en otro androide… cada esfuerzo sumaba a la causa.

Franky, que era excelente buzo, decidió quitarle los tornillos a un androide, inició con el que unía la pata trasera con la cadera. El androide se sacudió al ver lo que el cachorro hacía y lo sostuvo bajo el agua… a Franky le pareció una eternidad. Mila fue en su auxilio despedazando la pata delantera que tenía sometida la cabeza de su amigo. De ahí en adelante trabajaron en equipo.

En cuanto el agua le llegó al cuello a los androides, empezaron a emitir ruidos agudos que combinaban perfectamente con sus movimientos torpes.

Cuando el sótano estaba
casi lleno, Barrabás se encargó
de organizar la salida: empezó
por las madres recién paridas;
Cheto las auxilió desde afuera sacando a los cachorritos que estaban encaramados en el lomo de sus
madres como si fueran crías de tla-
cuache*. Luego salieron los ancianos,
los perros lastimados y los cachorros, sólo los protagonistas
de esta historia se quedaron entreteniendo a los androides
en lo que salía el resto de la jauría.

Una vez que los perros cautivos estaban a salvo del subterráneo, los cachorros fueron hacia la compuerta de salida… todos menos Malik: el bulldog estaba sostenido de
una varilla de metal cerca del techo, el agua casi lo cubría. Y
es que estaba agotado, pues si bien recuerdan, la natación
no era lo suyo.

Bali sabía que, aunque los androides estaban bajo el
agua, seguían activos… a Malik le iba a ser imposible es-
quivarlos, y la cachorra no pensaba dejar atrás a su amigo.
Nadó con rapidez hasta el lado opuesto del sótano, Malik
se subió a su lomo; en el camino a la salida le lamió el ca-
chete a la cachorra, aunque primero se secó las babas… así
había visto que Patrick hacía con Francine*.

Bali emprendió el nado de regreso; a causa del peso extra, el nado fue mucho más lento y un androide le jaló la pata desde las profundidades, hundiendo a la cachorra. Al ver el peligro en que se encontraba Bali, Malik se zambulló, se prendió del androide con su mandíbula y dio un espléndido giro de cocodrilo… el androide quedó hecho añicos. Los cachorros salieron a flote y avanzaron juntos hacia la compuerta.

Todos golpearon el suelo con sus patitas mojadas al verlos emerger creando una melodía excepcional, el rescate había sido un éxito.

Pero olvidaron que el enemigo estaba cerca. Los cachorros vieron la silueta del hombre junto con Brako, sus hombros estaban casi a la altura de las orejas, y si algo sabían los cachorros era que cuando alguien adoptaba esa postura, venía el castigo. El silencio fue rotundo cuando el hombre sopló el silbato, el dolor era insoportable.

Fue entonces que empezaron a llegar los dueños de los perros. Y es que el policía que había tomando fotografías y video de Cheto habló con su prima, la dueña de Josefina. Al ver los videos, la prima, que era tan perspicaz como su cachorra, entendió los ladridos de Cheto. Salió una comitiva desde el Instituto de Protección a las Mascota a pesar de que el jefe de policía había anunciado en todos los medios que el evento había sido un engaño de Internet.

El encuentro de cada perro cautivo con su amo fue una combinación de alegría y asco, de parte de los humanos, porque era tal el hedor que despedían sus adoradas mascotas que tenían que cubrirse la nariz al abrazarlos*.

Mientras los perros se despedían agradeciendo a los rescatistas, los cachorros estaban atentos a la casa vecina… si bien las luces estaban apagadas, sabían que el hombre los observaba.

AMO

MASCOTA X

Los amos de Josefina llegaron con un bistec de res; aunque la enfermedad de las vacas locas seguía afectando la población bovina, habían importado varios kilos desde Argentina.

Franky vio una pelota roja rodando… en lugar de seguirla, miro en dirección opuesta, sabía que sus dueños ya lo habían localizado. El encuentro fue muy amoroso y ambos le dijeron a coro: "Franky, es la última vez que te separas de nosotros". Luego Franky fue por la pelota, aunque tuvo que convencer a Mila para que se la entregara.

Los dueños de Bali, Barrabás y de Malik llegaron en el mismo carro; María aprovechó para tomar fotografías de los encuentros entre amo y mascota. Miguel hizo bocetos de lo que pensaba pintar, pues en el camino hacia allá decidieron hacer un evento multidisciplinario con el tema: "El arte de tener una mascota". Patrick decidió darle un giro a su trabajo: sería el promotor cultural de este evento artístico. Francine acariciaba a *les bébés* al mismo tiempo en tanto aportaba ideas para hacer otros eventos culturales en el futuro. El dueño de Barrabás dijo que podía contribuir con su música.

Los hermanos de Cheto estaban deprimidos*. Él les explicó que sus dueños no habían llegado porque no se enteraron de nada, pues eran de las pocas personas en la ciudad que carecían de televisión. Les dijo que esperaran, pronto iban a ir a casa, primero tenía que resolver un asunto pendiente.

HERMANOS DE CHETO

CHETO

Y es que, aunque la jauría estaba a salvo, sabía que el hombre encontraría otras víctimas, y no quería repetir la experiencia heroica. Bali y Barrabás estuvieron de acuerdo con el salchicha; Malik no quería separarse de Bali, estaba dispuesto a cualquier cosa. Josefina, que era la más perspicaz, dijo que el hombre podía tener armas en su casa… más bien debían destruir a los androides. Franky sonrió… los androides no eran de acero inoxidable.

No tardaron en organizarse, ayudados por sus dueños; los androides de la gran bodega que iban a convertirse en Doggos acabaron siendo chatarra oxidada dentro de "la alberca". Y nadie se dio cuenta de nada porque, afortunadamente, "la alberca" estaba techada*.

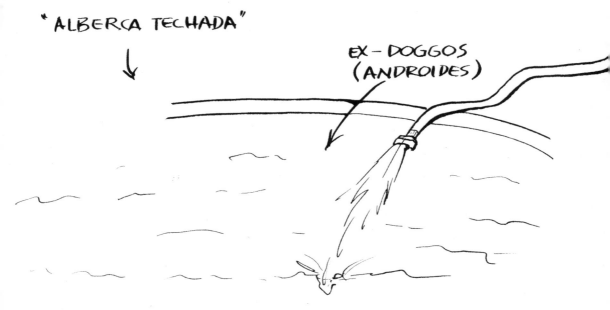

"ALBERCA TECHADA"

EX – DOGGOS
(ANDROIDES)

Epílogo

Bali fue seleccionada como la jefa de redacción en la red perruna gracias a sus fantásticas habilidades de comunicación; convocaba a los cachorros a reuniones con bastante frecuencia para resolver otros misterios.

Malik fue el padre orgulloso de la numerosa camada de Bali… una nueva raza veía sus primeros ejemplares. Pero era sólo un sueño, eso imaginaba mientras Francine le acariciaba la barriga diciéndole: *Mon bébé, mon petit héros*.

Franky viajó por todo el mundo con sus dueños demostrando que los perros "naturales" eran bastante inteligentes, no había que experimentar con androides.

Josefina se hizo muy amiga de su vecino schnauzer, y sus pulgas respectivas aprendieron a convivir entre sí.

Cheto, por ser tan valiente, pasó de ser "Simple papita" a "El gran frito". Cada vez que se reunían los seis cachorros, era él quien presidía las juntas. Las razones son obvias.

Barrabás acabó siendo el maestro de los cachorros y el mejor para contar historias de horror.

Mila fue adoptada por los dueños de Franky y nunca más se separaron.

¿Y Vilma? La pequeña inquilina asistía a las juntas y cada día probaba sangre de un cachorro distinto, aunque ninguna le pareció tan dulce como la sangre de Josefina.

¿Y Brako? ¿Y el dueño de Brako?

(Escribe lo que imaginas que pasó y ponle un asterisco en la mejor parte, la que vas a dibujar).